Louise Esche

Margareth

Erzählung

Louise Esche

Margareth
Erzählung

ISBN/EAN: 9783743628977

Hergestellt in Europa, USA, Kanada, Australien, Japan

Cover: Foto ©Andreas Hilbeck / pixelio.de

Weitere Bücher finden Sie auf **www.hansebooks.com**

Margareth.

Erzählung

von

Luise Esche.

Zweite Auflage.
Mit Titelbild von Paul Thumann.

Hamm,
G. Grote'sche Buchhandlung (C. Müller).
1865.

Nach Hause.

Esche, Margareth.

Der schallende Tag war vorüber. Die Sonne ging roth und prächtig zur Rüste; ihr letztes glühendes Gold warf sie in die blanken Scheiben eines schönen, stillen Hauses, das, also geschmückt, ganz und voll in einen von hängenden Birken umstandenen Weiher schaute. Die Birken legten einen blassen, zitternden Kranz um das schöne Spiegelbild des Hauses. — Das Haus selbst aber lehnt sich an einen Buchenwald, und die schönen, ernsten Bäume desselben stehen wie treue Hüter mit ihren erzenen sammetgrün geschmückten Schäften da und tragen die leuchtenden Kronen wie schirmend empor, hoch hinauf über das Dach des einsamen Hauses. Und wie die Sonne nun mehr und mehr hinabtaucht hinter die fernen Berge, da kommt allgemach der Mond über den Buchenwald heraufgezogen und läßt weißsilbernen Märchenschein in die Bäume fließen; der gleitet leise herunter, zittert über das Farrenkraut dahin und breitet sich sachte webend über den sammtenen Teppich des Mooses. — Und nun zieht es flüsternd durch die weiten Hallen,

1*

und wer es verstände, der könnte hier etwas erlauschen, das eigentlich kein Märchen wäre, aber doch anheimeln würde wie eben das trauteste Märchen. Und man weiß nicht, wer es erzählt. Es würde lauten von kleinen Kindern, die ihr sonniges Lenzleben hier feiern durften, und dann von großen Kindern, denen das grünburchschattete Märchen- licht vor der blendendweißen Tageshelle dahin geflohen sei.

Fast dieselbe grüne Dämmerung, die den Wald durch- webt, ist durch die, an der Waldseite offenen Fenster leise in die tiefen Zimmer des Hauses geflossen; — denn der Wald und das Haus wissen ganz genau, daß sie nahe mit einander verwandt sind. Aber auch die Stille, die nun draußen ausgebreitet liegt, ist in das Haus getreten und wird nicht gestört durch das muntere Gepoche der Hammer- werke, die, nahe dem Weiher, rußig und geschwärzt, aus den blühenden Fliederbüschen herauslugten. — Den Tag über war es nicht so still im Hause gewesen. Fensterläden, die fast Jahr aus, Jahr ein geschlossen waren, wurden auf- gestoßen, damit warme Luft hereinströmen konnte. Blumen wurden hereingetragen; leichte Frühlingsfalter folgten von selbst, und so war der Frühlingstag ins Haus gezogen.

Dazwischen waltete eine schöne Frau; sie mochte fünf und vierzig Jahre und darüber sein, aber schön war sie dennoch mit ihrem feinen, freundlichen Antlitze, das so seelengut aus dem schneeweißen, kleinen Gefältel des Häub-

chens hervorblickte. Sie ordnete selbst die Blumen in
Vasen und Schaalen; sie durchging immer wieder aufs
Neue die Stuben und blickte oft hinein in zwei traute Ge-
mächer, die mit vorzüglicher Sorge ausgestattet waren. Sie
wußte wohl, warum sie das Alles so mit besonderem Eifer
und so herzensgern that; darinnen in den beiden Gemächern
sollte ja ihr Sohn wohnen, der heute, nach beinahe zwei
Jahre langer Entfernung heimkehren wollte in das stille
Wittwenhaus der Mutter. Darum blickte sie so oft nach der
Uhr, und darum sah sie heute so gerne die Sonne sinken.

Hier in dem alten, gemüthlichen Wohnzimmer wollte
sie ihn empfangen. Da hing des frühverstorbenen Gatten
lebensgroßes Bild und lächelte mit milden Augen auf ihr
emsiges Walten herab. Und der schöne Kindeskopf mit den
blondgelockten Haaren und den tiefstrahlenden Augen, das
war ihr Liebling selbst, ihr Sommerkind, wie sie gern den
Sohn in ihrem Herzen nannte; so hatte er ausgesehen in
seinem fünften Jahre. Damals war ihr Gatte gestorben,
und die Trauer um den und die sorgende, zärtliche Liebe
für den Knaben hatten fortan ihr Leben ausgefüllt. Jetzt
war sie längst wieder froh geworden und innig glücklich
über ihren schönen, guten Sohn.

Bald, ja bald mußte er hier sein. O, das Leben hat
unsäglich schöne, gesegnete Augenblicke, und ein glückliches
Mutterherz ist am reichsten an ihnen. Die Mutter wan-

delte in dem Zimmer umher; sie stellte die Blumen bald hierhin, bald dorthin und zuletzt wieder an die alte Stelle; es war doch nun einmal nichts mehr, das noch zu besorgen übrig gewesen wäre. Sie lächelte über sich selbst, wie sie mehr und mehr voll Unruhe ward, je näher es kam, daß er nun aus der Biegung, welche ein jenseits des Weihers liegendes kleines Gehölz in den Weg hineinschob, heraustreten mußte. Sie wußte es, daß ihr Sohn die letzte Stunde Weges zu Fuße kommen würde. Sie hatte so oft hinausgeblickt, jetzt setzte sie sich still in den tiefen Fenstererker, denn sie wollte ruhiger werden. — Draußen aber hatte auch der fleißige Mai sich dem süßen Feierabende dahingegeben. Unter dem Fenster strich er mit seinen weichen Nachtfittigen durch die Syringenbäume und bewegte sanft die schönen Blüthenbüschel, daß sie süß empor dufteten. Weiter hinaus, zur linken Seite des Teiches, standen in rosigem Frühlingskleide viele blühende Apfelbäume. Von dem Leben, das darinnen schwirren und schweben mochte, drang kein Laut zu der lauschenden Frau; wie verzaubert, so still und unbeweglich, standen die Bäume da! — Da begann leiser Nachtigallengesang in klaren, perlenden Tönen aus den duftumdämmerten Frühlingshallen herüber zu schweben. Richards Mutter klang das jedoch nicht klagend und vergebend; ihr war es wie ein frischer, fröhlicher Gruß, ihrem heimkehrenden Sohne entgegen.

Wie sollte sich Alles nun lieblich gestalten! Er war jetzt neunzehn Jahre alt; sie hatte ihn so lange entbehrt, aber jetzt durfte sie ihn auch behalten. Da draußen in der Welt hatte er schöne Kenntnisse gesammelt, mit denen wollte er nun heimkehren, und es dünkte ihm nicht zu gering, sich das kleine väterliche Besitzthum zu einer eigenen Welt voll reger Wirksamkeit zu schaffen. Wie mußte das schön wer= den! Wie herzinnig redeten seine Briefe an die Mutter von diesem sonnigen Zukunftsleben! — Sie segnete ihn tausendmal in ihrem frohen Herzen, und als nun das Abendroth seinen letzten Schein über die Wände des Zim= mers dahin webte, da blickte sie in das Gesicht des Knaben, das rosig erleuchtete, und sie dachte sich das Gesicht lebend: so hatte er ausgesehen, der kleine Richard, wenn er heran= gesprungen kam und hier, an derselben Stelle, wo sie jetzt saß, sein heißes Gesichtchen in ihren Schooß warf. Und dort an der Thüre hatte dann meist immer ein kleines Mädchen gestanden, und die Mutter brauchte nur zu winken, dann stand sie auch daneben mit dem frohen, strahlenden Kindergesichte. So trat auch jetzt das Kind neben sie hin. Die Mutter fühlte in diesem Augenblicke einen fliegenden, feinen Schmerz in ihrer Brust, aber es war nichts; sie konnte nur ihren Sohn sich jetzt nicht gut anders mehr aus seinen Kinder= jahren vorstellen, als' neben dem kleinen Mädchen. Und doch hatte er in keinem einzigen Briefe nach dem kleinen

Mädchen gefragt, sondern nur Grüße an sie gesandt, und
durch die Mutter waren die Grüße jedesmal warm erwie=
dert worden; sie hatte nicht gemeint, noch etwas Anderes
über sie schreiben zu sollen. Aber das durfte ihr jetzt nicht
das Herz beklommen machen, sie wollte getrost das Beste
hoffen.

Die Heerden kamen heimgezogen, der Hirte sang, da=
zwischen schlugen die Glocken ihren metallenen Klang.

Durch das kleine Gehölz kam ein junger, schlanker
Mann geschritten, und als er nun aus der Lichtung her=
vortrat und mit einemmale den alten, väterlichen Hof vor
sich erblickte, da stand er einen kurzen Augenblick still, hob
wie grüßend den Hut und schritt dann rascher vorwärts,
dem wohlbekannten Heim entgegen.

Ihm klopfte das Herz nun auch so ungeduldig warm
und schnell nach der Mutter. Wie hatte er sich auch ge=
sehnt und gefreut um dieser Heimkehr willen! — Und neben
ihm her war den ganzen Weg eine liebe, traute Gestalt ge=
schritten; — ach, die sollte er doch nun auch wiedersehen!
Es war dasselbe kleine Mädchen, das drinnen der Mutter
immer wieder vor die Augen trat; vor des Sohnes Augen
schwebte sie groß und schlank.

Die Mutter hatte sein Kommen nicht gewahrt. Sie
war still versunken in Erinnerungen; fast begann es sich

schwer um ihr Herz zu legen, da öffnete sich die Thüre — es kam näher — sie blickte empor —: „Richard!" — „„Mutter!""

In das herzerquickende, innige Umfassen der Beiden konnte kein störender Gedanke kommen.

Zu Hause.

Es war des andern Morgens. In die offenen Fenster kam die frischeste Morgenluft flatternd gezogen und trug gutwillig den zarten Duft in's Zimmer, den ihm die Blüthenbäume draußen wie zum Morgengruße mitgegeben hatten. Die Vögel sangen ein fröhliches Lied um das andere; eine Schwalbe trat gar auf das Steingesimse des Fensters und rollte die kleinen Augen klug im Zimmer umher; es war eben grade, als wollten Alle etwas davon wissen, daß der Sohn des Hauses nun endlich bei ihnen daheim sei.

In der Fensternische stand der Frühstückstisch, daran saßen die Beiden; aber nur Richard ließ es sich wohl schmecken, die Mutter genoß fast nichts — ihr war es innig wohlthuend, ihren kräftig blühenden Sohn anzusehen. Und doch flog es hin und wieder wie leichter Schatten über ihr klares Gesicht. Dann hatte sie etwas sagen wollen; allein jedesmal war es ihr gewesen, als solle sie es noch zurückhalten; sie hatte auch nicht den rechten Muth, es zu sagen. Auch Richard blickte öfters empor und die Mutter an; — er wollte eine Frage thun, und immer wieder hielt er sie zurück. Es war ihm dabei, wie einem Kinde, das sich zwingt, sein Liebstes unter allem Spielzeug hübsch fein bei Seite zu stellen und grade daran zuletzt die Reihe kommen zu lassen. Und es war doch ein und dasselbe, was die Mutter beengte und was ihm das Herz so überreich füllte.

Der alte Hirte trieb seine Kühe draußen vor'm Fenster her. Sonst sang er nur Abends, wenn er heimtrieb, jetzt that er es früh Morgens; er sang sein Abendlied, weil er kein anderes so gut konnte. Aber das schadete nicht, er sang nur, damit der junge Herr ihn wahrnehmen solle, und da war ja das eine so gut wie das andere. Die Kühe brummten, als wollten sie sagen: das sei eben mit Erlaubniß nicht ganz wahr, denn in dem Liede kam viel davon vor, daß sie nun satt seien und zur Streue wollten. Richard erhob sich lachend und blickte dem Hirten nach; unterm Thorwege wandte sich der Hirte und schwang fröhlich den Hut nach ihm.

„Ja, Mutter", sagte Richard herzlich, „daheim ist's am Besten! Wie mich Alles hier erquickt! Es läßt sich kaum sagen!" — Die Mutter reichte dem Sohne die Hand; in ihr war es still und doch so herzbewegt.

Sie redeten dann von vielerlei, von Gutsveränderungen und neuen Anlagen; — Richard hatte frischen Muth und Lust zu Allem. Dazwischen trat ihm immer wieder die

eine Frage auf die Lippen; darüber ging sie nicht. Das
Mutterauge aber sah es wohl, das besondere Glück, das
hell aus seinen warmen Augen hervorblitzte; sie ward stiller
und stiller, und wieder fühlte sie den leisen Schmerz an
ihrem Herzen. Nun wollte sie etwas sagen, es mußte ja
doch endlich geschehen. Sie nahm wieder des Sohnes Hand
und streichelte sie sanft. „Richard, mein Junge,“ sagte sie
fast zögernd, — und blickte mit zitternden Augen in sein
Gesicht — „sieh, Kind, ich glaube wohl, daß ich früherhin
richtig in deinen Sinn geschaut habe; ich habe das nie
sagen wollen, denn an dergleichen soll man nicht herum-
reden; aber jetzt ist es gleichwohl ein Anderes. Ja, ich
wollte nur sagen, Richard, sofern ich in damaliger Zeit es
begriffen habe, hattest du sie wohl recht lieb in deinem
jungen Herzen.“ Die Mutter sprach den Namen derjenigen
nicht aus, die er in Liebe in seinem Herzen getragen hatte;
sie hielt inne. Er aber blickte ihr frisch und voll in die
Augen: „Margareth!“ sagte er aufathmend, in herzinnigem
Tone und dann lächelte er: „Gewiß, Mutter, du hattest
mich schon recht begriffen; nun ist der Zauber gelöst, es
wollte keine Frage nach ihr aus mir heraus, aber jetzt ist
es gut; und siehst du“ — er lenkte den Blick der Mutter
zum Fenster hinaus, — „der Gaul steht schon gesattelt;
jetzt lässest du mich auch los, Mutter, daß ich auf den
Pfarrhof reite; zu Mittag hast du mich wieder“ — und

damit war er hinaus. — Die Mutter hatte es nicht vermocht, ihm mehr zu sagen: aber als er nun draußen neben dem Pferde stand und hier und da voll Hast nachsah, ob denn auch Alles in gehöriger Ordnung sei, da legte sich eine Hand schwer auf seinen Arm, und als er sich schnell seitwärts wandte, stand die Mutter da neben ihm. „Kind“, sagte sie langsam, „reite nicht hin! in der Pfarrei hat sich's nun auch verändert.“ Er schlug den Arm um den Hals des Thieres, als fühle er jetzt schon, daß er im nächsten Augenblicke eines körperlichen Haltes bedürfen würde. „Wie so?“ fragte er, fast tonlos. Da faßte wieder der Mutter Hand warm und innig seine Linke: „ja, siehst du, es ist nun einmal so: — sie hat auch vielmal verweinte Augen gehabt in jener Zeit, Richard; sie hat's wohl nicht gerne gethan; aber ein weiches, gehorsames Kindesherz hatte sie immer, und da hat sie gefolgt und ist nun drüben des Gutsherrn Frau, deines früheren Vormundes Frau. Richard, ich schrieb dir's ja, daß Arnolds erste Frau gestorben; sieh, man sagt, die habe es selbst so gewollt, denn sie hatte Margareth lieb, und an dich dachte sie wohl nimmer! Ach, Kind, Richard, ich hatte nicht geglaubt, daß es noch so mit dir stehe; nun sei doch stille und gut, komm mit mir, mein Junge! hörst du?“ — Er sah sie an mit großen, wie sterbenden Augen; aber er sagte nichts — kein einziges Wort; er legte den Zügel über den Hals des Pferdes, klopfte dessen Mähne, schwang sich hinauf und ritt dahin. Im Hofthore warf er das Pferd herum und ritt sachte zu der Mutter zurück. Die stand noch angst= voll und bleich geworden an derselben Stelle. Er reichte ihr seine Hand; er lächelte auch — das war Alles. Als die Mutter nochmals sprechen wollte, da wehrte er mit der Hand und schüttelte langsam den Kopf. Dann ritt er durch den Thorweg und lenkte sein Pferd dem Walde zu.

Die Mutter ging still und betrübt ins Haus zurück. Sie kannte ja ihr Kind genug; sie wußte wohl, daß er nun dahinzog, um den Schmerz, der so plötzlich und so neu über ihn gekommen war, ganz und voll in sich auf= zunehmen. Ach, wie brannte ihr das Herz in dem heißen Weh des Sohnes! Sie hätte es so gern allein getragen, wenn nur dafür in seinem fröhlich gespannten Herzen nichts zerrissen wäre! Aber das war nun doch geschehen, sie hatte es deutlich in seinen Augen wahrgenommen. Nun mußte er selbst es durchkämpfen; und sie wollte nur in ihrem Herzen beten, daß er es wie ein Mann thun möge, mit wackerem, redlichem Willen.

Als sie wieder in das morgenhelle, luftige Zimmer her= eintrat, da wehte es sie fast fremd daraus an. Es war, als hätte Alles um sie her in den paar Minuten eine an= dere Gestalt angenommen. Die Vögel sangen so jubilirend herein, daß es ihr wehe that; sie schloß leise das Fenster,

Esche, Margareth.   2

sie stellte Alles sorglich zurecht im Zimmer, es glich sich
nicht aus; es war, als sei etwas daraus geflohen, das
nicht fehlen dürfe, und wieder — als sei etwas hineinge-
kommen, das nicht heimisch hier sei.

Sie setzte sich wieder auf dieselbe Stelle hin, wo sie so
eben noch gesessen; ihr gegenüber stand der leere Stuhl
des Sohnes. Ihr Herz war voll Unruhe. Sie blickte
umher und wußte nicht, was ihre Augen suchten. Da
blieb ihr Blick haften und ruhte in dem Gesichte ihres Ge-
mahles. Da hinein war nichts Fremdes gekommen. Das
waren dieselben klaren, milden Augen, die ihr immer so
tröstlich geblickt hatten, und mit einemmale war es ihr als
glitten ein paar Worte, die vor langen Jahren ihr einmal
schmerzstillend geworden waren, wieder über dieselben hin.
Es war gewesen, als ihr zweijähriger Richard in hitzigem
Hirnfieber da lag, und der Krampf den kleinen Leib schüttelte, daß sie ihre Hände darob zerrang und schier ver-
zweifelnd fast dem Tode den Liebling abringen wollte; damals sprach über ihrem gebeugten Haupte ernst und klar
ihr Gatte: „Elsbeth, er ist nicht unser allein, er ist auch
Gottes!"

In jenem Augenblicke hatte sie plötzlich gefühlt, daß
der Tod keine weitere Macht über ihr Kind habe, als daß
er es sanft hinbette in Gottes Schooß. Da war es stiller
in ihrem angstbewegten Herzen geworden. Und ach, daß

grade jetzt dieselben Worte in ihre Seele hineintönen mußten:
„Elsbeth, er ist nicht unser allein, er ist auch Gottes!“
— Und daß sie es durften, darin lag der Segen! Nun
konnte sie ihr Mutterherz beschwichtigen; sie brauchte keine
Angst zu hegen um des Sohnes unbeirrten Sinn. Das
grade war es ja gewesen, das sich so eng um ihre Brust
gelegt hatte! Ihr Sohn würde nichts in seinem braven,
ehrlichen Herzen hegen wollen, das auch schmerzend und
brennend doch nun Sünde wäre.

Leise und innig hatte sich aus des Gatten Blicken diese
Zuversicht in ihr Herz gesenkt und ward eins mit der
stolzen, vertrauenden Liebe, darin ihr Sohn dort warm
gebettet lag.

Im Walde.

Es war fast, als hätte der Wald es gewußt, welcher traute Genosse unterwegs sei, so lind und wie sorglich vorbereitet, empfing er den, der einst die sonnigsten, heitersten Kindheitstage in nimmer ermattender Lust hier verlebt hatte, und der nun, plötzlich müde geworden, daher kam, um seinen Schmerz in diese friedsame Stille hineinzutragen. Er ritt, wie in sich versunken dahin. Als er aber kam, wo es begann immer stiller und feierlicher zu werden, stieg er vom Pferde. Er führte es eine Strecke zurück, schlang die Zügel um einen Baumstamm und schritt dann in die Waldeinsamkeit hinein. Da schlugen die majestätischen Buchenhallen ihre kühnen Bogen über seinem Haupte dahin, und sie rauschten einander etwas zu, das fast klang wie: „Damit er auch beten könne, hier unter uns." — Die Sonne legte hellen Glorienschein auf die Scheitel der Bäume. Wie klares Gold floß es durch das junge Grün herab und schillerte auf dem Waldgrunde, so daß die Blumen mit helleren Farben daraus emporblicken mußten. So schauten sie den jungen Richard an, und ihm war es plötzlich, als seien es frohe Kindesaugen, dahinein er nun blicke. Und als eine Amsel von ferneher ihren munteren Schlag in die Stille hineinwarf, da war es ihm, als hätte er seit länger als zehn Jahren keine Amsel gehört, — aber nun sang sie genau so wie damals, und Alles rings umher heimelte ihn an, Alles athmete und duftete so bekannt und so wahrhaft heimathlich. Durch seinen Sinn flog wieder das ganze, einfache Fühlen der Kinderzeit — es schien ihm, als sei er gestern erst als kleiner Knabe hier gewesen, und als habe eben Alles so und nicht anders ausgesehen.

Er hatte längst einhalten und stille stehen müssen — er wollte das Alles in sich ausballen lassen. Aber nun klang es ihm, wie eine ferne, kleine Glocke in den Ohren. Da eilte er, fast wie in freudiger Hast wieder vorwärts.

Hinter den nächsten Buchen senkte sich der Waldgrund, da hinab schritten niedere Tannen. Richard eilte durch sie hin; er wußte noch so gut, wie er ehemals die obersten Spitzen mit seinen Händen hatte herabbiegen können, jetzt standen sie doch ziemlich hoch über seinem Kopfe und griffen mit ihren unteren Zweigen ineinander, als sei er, der da durch sie hindurch schreiten wollte, ein Fremder geworden, dem sie den Eingang wehren müßten. Aber nun stand er

doch unten und athmete tief. Ja, das war's, was ihm
noch gefehlt hatte hier im Walde.

In der kleinen Verflachung stand eine von den übrigen
Bäumen ziemlich gesonderte Gruppe ernster, alter Tannen,
die ihre schwarzbehängten Banner tief und majestätisch zur
Erde senkten. Richard theilte das Gezweige und trat
zwischen die Bäume hin. Nun wußte er erst wieder, daß
Alles weit, weit hinter ihm lag! Die Tannen umstanden
einen kleinen, seltsamen Bau. Es war eigentlich nur ein Dach,
das kuppelförmig auf vier oder fünf niederen, mit Baum-
rinde umkleideten Pfählen lag, so daß das Ganze aussah,
wie ein luftiges Thürmchen, oder eine kleine Betkapelle.
Und doch hatte es lange Zeit ein Haus vorstellen müssen,
für das Richard sich alle Mühe gegeben, den stolzen Namen:
„Tannenburg" zu behaupten. Es war freilich nie ein anderes Geräth darin gewesen, als zwei kleine Klötze, das
waren die Stühle oder Bänke; und dann hatte oben darin
eine kleine Glocke gehangen, um die Richard lange Zeit mit
dem Kuhhirten in Fehde leben mußte, weil der nicht auf-
hören wollte, ein Eigenthumsrecht daran zu beweisen.
Nun war das kleine Haus von wildem Brombeergestrüpp
arg durchwuchert; die Bänke lagen noch dort, aber Richard
blickte empor nach der kleinen Glocke: die Glocke war fort,
das Dach war morsch und zerrissen; dahinein konnten nun
auch die Mittagsstrahlen fallen. Er trat leise zurück, er

stieg wieder hinauf und blickte nicht um sich; er hatte keinen verweichlichten Sinn, aber nun war es ihm doch, als habe er eben an einem Grabe gestanden.

Er ging wieder zu der Stelle, von wo er vorhin das Glöckchen zu hören vermeint hatte. Und als er nun dort sich hingelagert und aufs Neue in die Blumenaugen blickte, da kam wieder der Waldzauber über ihn; das Märchen seiner Kindheit trat vor ihn hin und rollte bunte Bilder vor ihm auf. Dazwischen hindurch klang dann wieder das kleine Geläute, aber es klang wie aus weiter, weiter Ferne, wie versunken hallte es herauf. Das hatte er ehedem so oft an dieser Stelle aus der Tannenschlucht her gehört, doch war es damals meist immer ein hastiges Schellenge= tön, von kleinen muthwilligen Händen wacker vollführt. — Dann war Richard mit großen Sätzen die Anhöhe hin= unter gesprungen; er hatte dann gewußt, daß das kleine Mädchen schon vor ihm dort auf dem gemeinsamen, fast täglichen Spielplatze angekommen war; — doch wenn er nun halb athemlos unten stand, ja dann war wieder Alles mäuschenstill. Er mochte sich umblicken so viel er wollte, — keine Margareth rings zu sehen noch zu hören! Aber er hatte dann doch immer gewußt, wie es kam. Urplötz= lich sprang sie helljauchzend aus irgend einem Verstecke her= vor: „so hatte er sich wieder anführen lassen!" — Dann bauten und pflanzten sie an einem kleinen Gärtchen, oder sie kamen auf allerlei Spiele. Richard hatte wohl gemeint, das sei ihm längst vergessen, und nun fiel ihm doch Alles wieder so deutlich ein, es fehlte kein Wörtchen daran. Margareth wollte immer Mutter und Kind spielen, dann mußte er das Kind sein, das verstand sich von selbst; aber eigentlich that er es nur ihr zu Gefallen; ihm behagte das wenig, darum brach er auch meist mitten darin ab. „Jetzt soll es aus sein!" sagte er dann entschieden, und so war Margareth's ganzes, mütterliches Ansehen mit einem Male verschwunden. Richard wußte seine Autorität zur rechten Zeit zu retten. War er so eben Margareth's Kind gewesen, so verlangte er jetzt auch gehörigen Respect. „Jetzt mache dich fein, Margareth, jetzt spielen wir Kirche," das folgte insgemein dem: „Jetzt soll es aus sein" — wie das Amen der Predigt. Margareth war aber auch dagegen recht fügsam; sie begab sich gehorsam ihrer Würde und putzte sich, außerhalb der Tannen, an dem kleinen Bache, der da hindurch sich wand, zum Kirchgange. Dann war Richard zuerst der Küster und läutete an der alten Glocke, bis Margareth zierlich herangeschritten kam, eine schöne hell-grüne Fahne von Farrenkraut oder einen Tannenzweig in der einen Hand, — das war ihr Schirm, in der andern Hand hielt sie ein flaches Holzstückchen oder auch wohl sonst irgend etwas, es mochte just sein was es wollte, das mußte ihr Gesangbuch vorstellen. Das Blumensträußchen darauf

fehlte nicht, und dazu sah sie sehr andächtig vor sich nieder.
Richard aber war nun Herr Pastor, wie daheim Margareth's
Vater. Margareth saß still auf ihrem Bänkchen, neben
ihr die Puppen mit den vergißmeinnichtblauen Augen und
ein lederner Harlekin, das war die Gemeinde. Richard
stand hoch auf dem andern Bänkchen und predigte. Er
hatte nur zwei Predigten und ein altes gereimtes Räthsel,
das hielt er eben so hoch; und mit den dreien wechselte
er ab; wenn er aber etwas darin ausließ, dann wußte es
Margareth und sprach getrost mitten in die Predigt hinein. Richard nahm das nun freilich allemal sehr übel,
aber das kümmerte sie wenig. Einmal kam eine Bachstelze
neugierig kokett trippelnd bis in die Kirchthüre getängelt,
da mußte Margareth laut lachen; die Bachstelze schnellte
eilig davon — „ja" sagte Richard böse: „so machst du
es immer, die Bachstelze ist eine geborene Klosterfrau und
gehört in die Kirche." — Das leuchtete Margareth nun
auch ein; und so liefen der Herr Pastor und die Gemeinde miteinander den Bach herunter, die Klosterfrau zu
fangen. „Ach höre", sagte Margareth zuletzt, „ich glaube
es war gar keine Klosterfrau, ich glaube es war eigentlich
eine Waldhexe; sie hatte einen kohlschwarzen Streif über
dem Rücken, das habe ich deutlich gesehen." Und da
fanden sie es interessant, sich zu fürchten, und liefen Hand
in Hand die Höhe hinan bis zu dem Platze, wo sich

Richard heute ins weiche Moos gelagert hatte und mit heißen Augen in die Vergangenheit blickte.

Hier hatte sie vor ihm gesessen, die Aermchen in ihre Schürze gerollt und mit den klugen Augen ihn anblickend. „Nun wollen wir singen", hatte er gesagt, „das haben wir in der Kirche ausgelassen." Da hatte Margareth mit ihrem glockenklaren Stimmchen das Kirchenliedchen angestimmt; es handelte freilich nur von dem Junker aus dem Eisenhute und der kleinen Königin, die in der weißen Florwinde wohnt, aber sie sangen es doch ganz andächtig. Und Richard sang es so laut, daß ein hellschmetternder Fink still davon wurde. Es überkam Richard heute, daß er das alte Lied von ehedem wieder leise vor sich hinsang. — Aber nun erinnerte er sich auch, wie damals ein hochgewachsener, noch junger Mann im grünen Jägerrocke durch den Wald geschritten kam, und sie sich zu dem gesellten, den sie gut kannten, und den sie Beide lieb hatten. Das war ja Er gewesen, der die schöne Waldblume nun in sein altes, stolzes Haus hineingetragen hatte! — ach, daß er es war! — Richards guter, fürsorgender, väterlicher Freund! — Da war der Zauber vorbei, das Märchen war verschwunden — hoch über dem Walde lag brennend der Mittag. Richard raffte sich auf. Nun läutete es wirklich! Das kam aus dem Dorfe, das dort unten, wo die letzten Waldbogen standen, im freundlichen, grünen Rahmen sichtbar wurde,

inmitten die Kirche, und seitwärts, allein auf grünem
Plane, zwischen Fliederbüschen und Blüthenbäumen, das
alte epheuumsponnene Pfarrhaus. Richard wollte es nicht
sehen, heute nicht. Er ging eiligen Schrittes zu seinem
Pferde, das ungeduldig genug die Hufe in das Steinge=
rölle schlug und hell aufwieherte, als Richard sich hinauf=
schwang. Jetzt erst der geängsteten Mutter daheim ge=
denkend, spornte er das Pferd. Und bald lag das still
umfriedete Elternhaus wieder vor ihm.

Im Spätsommer.

Richard war nun schon mehrere Monden wieder da=
heim. Aber in der Zeit hatte er viel Schweres bestanden.
Und immer noch war es nicht gut mit ihm; — sein sonst
so helles Auge blickte meist düster. Und der Mutter feines,
liebes Gesicht wurde mit jedem Tage feiner und weißer.

Er war damals auf's Gut gegangen; es mußte denn
doch endlich geschehen.

Sein ehemaliger Vormund war ihm so in biederer
Herzlichkeit entgegengekommen, daß es ihm in's Herz schnitt.
Margareth hatte er auch gesehen; aber er hatte auch das
leise Zittern gesehen, das ihre leichte, schöne Gestalt durch=
flog, als er, sie begrüßend, zu ihr herantrat. Sie sprachen
nicht viel miteinander, sie konnten es auch nicht. — Sie
mußten wohl Beide daran denken, wie es ehedem zwischen
ihnen gewesen war, wie sie zu einander zu gehören meinten,
ohne sich Eines dem Andern mit einem einzigen Worte zu
eigen gegeben zu haben, als wenn sich das so von selbst
verstände. — „Du sollst mir keine Briefe schreiben, wenn

du nun fort bist, Richard," hatte sie gesagt, als er damals abreiste, „ich will mir alle Freude unzertheilt auf
dein Wiederkommen verwahren." Ihm war das recht gewesen; er mußte wohl, daß ein Brief gar leicht ein frembes
Drittes zwischen Zweien werden kann. Ja, und wie war
es nun geworden! Es wallte ihm heiß und bitter im Herzen
auf, er achtete nicht der freundlich dringenden Bitte von
Margareth's Gatten, doch länger zu verweilen; er mußte
fort, fort; er sah das klar ein, hier konnte er nicht athmen,
— ohne Margareth die reine Lebensluft zu nehmen.

Er wollte nicht wieder hierhergehen, er gelobte es sich
fest auf seinem Heimwege — und er war dennoch wieder
hingegangen, es hatte ihn hingezogen mit heimlichen Ge-
walten. Dann wollte er sich selbst beschwichtigen. Er
wollte sich's mit Macht einreden, daß er ihr ja doch zürne
in seinem Herzen; aber dann stand sie vor ihm mit dem
frommen, kindlichen Gesichte, darauf er so deutlich lesen
konnte, daß sie nur gehorsam gewesen war. Und dann
konnte er nicht immer den herzlichen Einladungen Arnolds
ausweichen; er mußte dann und wann hingehen, auch um
seiner selbst willen. Warum sollte er sich den armen Trost
verweigern? Es war so wenig und doch — ach! so unsäglich viel! Sie sahen einander kaum an, sie redeten nur
weniges zusammen; Margareth war stillfreundlich —
aber es ging doch jedesmal so in sein Herz hinein, wenn

er nun fortgehend ihr auch die Hand reichte, und sie dann
innig und fast wie ehemals: „Gute Nacht, Richard," zu
ihm sagte. — Das konnte er nicht missen, das zog ihn
immer und immer wieder dorthin. Aber froher und leichter
machte es ihn doch nimmer; er wurde nur immer ernster,
und das frischfröhliche Leben, das ehedem in ihm sprudelte,
kam gar nicht mehr zum Vorschein.

Die Mutter sprach kein Wort zu ihm darüber, aber sie
ging unendlich milde und leise mit ihm um. Er hätte es
wohl sehen können, wie sie um ihn sorgte und betete.

Frau Elsbeth saß eines Abends unter den Reben, die
sich an weißem Gelände über der Haustreppe zu üppig
grünem Bogen schirmend in einander schlangen, und harrte
auf ihren Sohn. Der August war schon zur Mitte vor-
geschritten. Die Trauben hingen voll und schwer an den
Geländen, und das heiße Gold der Augustsonne begann
an ihnen zu haften. Aus den Blumenbeeten, die am
Rande des Teiches hin und wieder im Rasen verstreut
lagen, darin im Juni die Rosen ihr Duftleben verhauchten,
grüßten jetzt die Astern mit frischen, kräftigen Farben.

Frau Elsbeth war es weh zu Muthe. Sie mußte an
den Frühlingstag denken, der ihr den Sohn wieder nach
Hause gebracht, an ihr damals so übervolles, glückseliges
Muttergefühl, und es geschah ihr, daß große, schwere
Tropfen aus ihren Augen in ihren Schooß sanken. Aber

3 *

sie wehrte den Thränen; sie wollte vor sich selbst nicht zaghaft scheinen. Und doch dachte sie mit zitternder Angst daran, wie Alles noch so viel schwerer werden könnte! Wie wenn nun vor all dem Trübsinn, der aus Richards Augen hervorblickte, der leuchtende Strahl des reinen Bewußtseins endlich dahinflöhe? — „Herr Gott, nur dies Eine nicht", betete sie innig, „lieber zwiefaches Weh für mein eigenes Herz!" —

Der Abendwind brachte einzelne Glockentöne des Feier=abendgeläutes durch den Wald daher getragen. Der bangen Frau tönte das wie linde tröstende Worte. „Weg hat er allewege, an Mitteln fehlts ihm nicht" — sprach sie stilsternd vor sich hin. Da sah sie ihren Sohn von ferne kommen, und sie erhob sich eilig, um das kleine Abendbrod hierher in die Rebenlaube zu bringen, wo er gerne saß. Richard aber beeilte seine Schritte nicht, als nun auch er der Gestalt seiner Mutter, die im Abendlichte goldgrün umdämmert erschien, ansichtig geworden war; er schlug sogar einen Umweg ein und schritt dem jenseitigen Ufer des Weihers entlang. Er war wieder in Margareths Hause gewesen. Mehrere Tage lang hatte er sich gewaltsam bezwungen und war nicht hingegangen, heute hatte er keine Macht mehr über sich gehabt. Ihr Gatte war fröhlich und herzlich zu ihm, wie immer wenn er kam, doch sie entzog ihm ihre Augen, sie sah ihn nicht an. Als er aber endlich gequälten Herzens

ihr, Abschied nehmend, die Hand dahin hielt, da schlug sie
ihre Augen zu den seinigen empor, ihre Blicke sanken einen
kurzen Augenblick heiß vergehend in einander — es flog
weiß und roth über ihre Gesichter — da wußten sie, daß
ihre Blicke zur Sünde geworden waren.

Richard ging, wie ein Anderer geworden, den Heim-
weg. Er hatte es jäh erschreckend gefühlt, etwas hatte sich
nun anders gestaltet, aber er fühlte auch wohl: er durfte
dessen nicht froh werden. Und doch, wie sollte es denn
gehen? — War er denn nicht mehr willenskräftig und gesund genug in seiner Seele? Sollte er die Augen zu Boden
schlagen müssen vor seiner reinen Mutter? — Aber wie,
wenn er nun ermattete, wenn es ihn doch mit unwider-
stehlicher Gewalt wieder hineinzog in den Zauberkreis,
daraus ihn ja doch nur sein eigener, männlich starker
Wille, verbannen konnte — wohin mußte es dann kommen!
Hatte er darum gerungen und gelitten, daß sich nun zuletzt doch Alles verwirren sollte in seinem armen Herzen?
Und Margareth? — War es denn nicht sein Letztes, daß
er sie fortlieben durfte, mit geläutertem Gefühle, ohne
jedes Selbstverlangen, aber auch ohne die leiseste Sünde?
— Er hatte mit seinen Augen die Thauperlen auf der
weißen Blume zittern gemacht, sollten sie hinabrollen?
Dann war es auch um die Blume geschehen, und dann
erst mußte sein eigenes Leben öde und arm werden. —

Richard hatte eine Angst im Herzen, deren er nicht Herr
werden konnte; da fiel ihm ein, es müsse ihm doch leichter
werden, wenn er in das Gesicht seiner Mutter sehen könnte.
Die Mutter stand wieder, ihn erwartend, in dem Bogen;
er grüßte sie herzlich, fast weich; dann saßen sie beisammen
in der Abendkühle, und die Mutter sah stillbetrübt die
schmerzliche Unruhe in ihm und den leidenschaftlichen Aus-
druck seines jungen Gesichtes.

Am andern Morgen war Frau Elsbeth früh auf im
Hause, sie hatte wenige Nachtruhe gehabt, und ihr Kopf
war ihr schwer. Sie wandelte im Garten umher und
blickte nach Richards Fenstern; die Jalousien waren noch
geschlossen. — „Gott gesegne dir den Schlaf, mein armer,
guter Junge,“ sagte sie leise seufzend; da trat er völlig an-
gekleidet aus einem Buchengange hervor. „Guten Morgen,
Mutter“, sagte er, und sie hörte gleich den zitternden Ton
in seiner Stimme. In der Nähe war eine kleine Bank
unter einem Nußbaume, dahin führte er die Mutter, und
als sie nun so eng bei einander saßen, da legte Richard
seinen Arm um der Mutter Leib und sah sie mit kindlichen
Augen an. Aber die Mutter fühlte, wie er nach Muth
und Festigkeit rang. Sie hätte ihn anflehen mögen, daß
er die Worte, die sie auf seinen Lippen zittern sah, zurückhalten möge — da waren sie gesagt —! Ach, es war ihr
nicht neu, sie hatte es kommen sehen, lange schon, Schritt

vor Schritt; aber sie hatte immer noch gehofft — o, es war so unsäglich schwer! Nun flossen ihre Augen über im bittersten Schmerze; sie legte ihre beiden Hände auf ihres Sohnes Hand, ihre Lippen zuckten, sie sah ihn bittend an: „Richard, Kind, kann es nicht anders gehen?" Richard schüttelte langsam den Kopf. „Mutter", sagte er tief auf= athmend und beinahe flüsternd: „Margareth treibt mich nicht fort — es ist um der Sünde willen, daß ich gehe." — Da brannte es noch heißer in dem Herzen der Mutter, aber es war nichts Bitteres mehr in ihrem Schmerze. Das war ihr Sohn, ihr guter, reiner Sohn — das war der Segen ihres ringenden Gebetes! — Sie zog sein Gesicht an ihre Brust herab; ihre Hände zitterten segnend auf dem Haupte ihres Kindes und heilige Thränen flossen brennend in seine Locken.

Nach sechs Jahren.

Vor dem alten, wohlbekannten Hause, nahe am Weiher, saßen an einem heißen Julinachmittage zwei Frauen mit weiblichen Handarbeiten beschäftigt. Die Eine war Richards Mutter. Sechs Jahre waren nun vergangen, seit er fortgezogen war, und über der Mutter Scheitel war der Reif gegangen, so daß sein silberner Hauch leise daran haftete. Aber das feine, weiße Gesicht war fast dasselbe geblieben, vielleicht etwas stiller noch war es geworden. Die andere Frau war jung und schön, doch nicht, was strahlend genannt wird. Ueber ihrem Gesichte und über ihrer ganzen Gestalt lag es dahin, wie ein leiser Duft von Wehmuth. Das war Margareth!

An dem Abende des schweren, bangen Tages, da Richard wiederum ausgezogen war von der Heimath, hatte die Mutter mit trauerndem Herzen allein gesessen! — Sie war so stark gewesen in ihrer heiligen Mutterliebe, — sie hatte ihrem aufschreienden Herzen geboten, daß kein Wort den gefährdeten Liebling zurückhalte, — das Opfer war ein unaussprechlich reines gewesen. Aber nun, als er geschieden war, jammerte es laut in ihrer Seele. Wie hätte sie jetzt eines Herzens bedurft, an dem sie ausweinen konnte! Doch darum klagte sie nicht; sie klagte überhaupt nicht, sie trug ihr Leid stille, aber es that so wehe. Wie an jenem schönen Frühlingsabende, da sie in diesem Fenster= erker der Heimkehr ihres Richards harrte, hatte sie wieder daran denken müssen, wie oft sie hier ihren wilden, schönen Knaben in voller Mutterfreude geherzt: Aber da — ganz wie an jenem Abende — hatte sie auch des kleinen Mäd= chens gedenken müssen und — o, mit welch bitterem Weh! Ohne daß sie es gewollt, hatte sie nach der Thüre hin= schauen müssen, dort hatte sie ja so oft gestanden die lieb= liche Kleine, und dort — ach! dort stand sie ja auch jetzt wieder, bleich, zitternd, fast schattenhaft in der Dämmerung! Und die Mutter hatte nur zu winken brauchen wie ehe= mals, da war sie herangeflogen und hatte mit dem weinen= den Gesichte in ihrem Schooße gelegen.

In jenem Augenblicke war sich Richards Mutter ihrer ganzen Kraft wieder bewußt geworden. Ihre Arme legten sich in unendlicher Liebe um Margareth; sie weinten mit einander, aber in ihren Thränen gelobete sichs Frau Els= beth, daß sie mit diesen zitternden Armen Margareth empor= halten wolle, damit sie nicht schwanke in ihrer heiligsten Pflicht. Und als sie dieses Gelöbniß in ihrem Herzen ge=

than, da war eine friedsame Ruhe in ihr Gemüth gekommen. Sie weinte nicht mehr, sie hielt nur dem heißen
Schmerze der jungen Frau stille. — „Margareth," sagte
sie endlich so innig und doch so ernst bedeutsam, daß die
Weinende emporblicken mußte: „Margareth, weißt du denn
nicht, daß er ging, damit keine Sünde in eure Herzen
komme, und damit ihn ein reines Bild von dir durch sein
ernstes Leben begleiten könne? weißt du es nicht, Margareth?" — Frau Elsbeths Augen ruhten auf Margareths
kindlichem Gesichte — da hauchte sie: „Doch, doch, ich
weiß es wohl, Gott segne es ihm auch!" — „Ja, Gott
segne es ihm auch!" wiederholte die Mutter herzinnig:
„aber du, Margareth, siehst du, du sollst ihm nicht den
Segen verwirken. Deine Seele ist krank, und daß sie gesund werde, dazu bedarfst du der ganzen Kraft eines Gebetes, das nur aus reinem Herzen kommen kann. Was
wir äußerlich erleben, Margareth, wie sich unsere liebsten
Verhältnisse auch umgestalten mögen, darauf kommt es
nicht an, wenn wir vor Gott stehen. Wie wir es getragen
haben, das ist das Einzige was gilt! Wenn wir aber klar
sind in uns selbst und reinen Herzens, dann kann nichts
kommen, das uns anders zu Boden würfe, als daß unsere
Seele vor Gott liegt. Ein reines, treues Herz aber, Kind,
ist das köstlichste Gut, das Gott einer Frau vertraute.
Und daß sie es bewahre, und dermaleinst wieder fleckenlos

vor ihn hinbringe, das ist das Größte, was der Herr in
seiner Barmherzigkeit von uns Schwachen fordert. Willst
du nicht stark sein, Margareth, um deines eigenen Herzens
willen? um deines braven Mannes willen, und auch um
Richards willen?" — Richards Mutter sah der jungen
Frau tief in die zitternden Augen. Da falteten sich Mar=
gareths Hände, ihr Haupt senkte sich. — „Ich will, ich
will," sagte sie leise und doch fest, „aber du, hilf mir!"
— Ueber das Gesicht der Mutter flog es wie verklärender
Schein; ihre frommen Lippen hafteten lange innig auf
Margareths Stirn. Im Zimmer aber war es ganz still:
der Engel des Gebetes war leise und segnend zu den Frauen
getreten.

Von dieser Zeit an hatte sich ein neues gemeinsames
Leben zwischen Richards Mutter und Margareth gestaltet,
für Beide heilsam und Beiden unbeschreiblich lieb. Wohl
hatte Margareth noch oft zu ringen und zu kämpfen gehabt,
aber sie hatte es getrost und ehrlich gethan und nichts
Fremdes zwischen sich und dem Gemahl geduldet, der sie
dafür wiederum in schonender Liebe getragen. Ihn freute
es, wenn Margareth in das stille Wittwenhaus Frau Els=
beths ging, und er wußte wohl, welchen Segen sie einst
von dort heimgetragen hatte. — Als Margareths Eltern
kurz nacheinander gestorben waren, da war ihr Verhältniß
zu Frau Elsbeth ein noch kindlicheres geworden. Sie

brachte gern ihre beiden kleinen Kinder dorthin und so war
sie auch heute mit der fünfjährigen Margareth und dem
kleinen dreijährigen Paul gekommen, daß sich Frau Els=
beths Herz an den holden Lieblingen erquicken solle; denn
heute mußte es wieder recht schwer sein, heute vor fünf
und zwanzig Jahren war ihr Richard geboren.

Das kleine Mädchen stand an Elsbeths Knieen und
ordnete lispelnd die Blumen, die sie jauchzend in deren
Schooß getragen hatte. Die beiden Frauen schauten still
genießend in die Sommerpracht. — Der ruhige Spiegel
des Weihers wurde von zwei darauf hinrudernden Schwänen
zu kleinen Wellen bewegt, davon flossen klare Schatten
durch das hängende Gezweige der Birken und glitten nieder
in's Wasser. Darüber hin flogen die Schwalben und
badeten ihre kleine Brust im eiligen Fluge. An dem sich
senkenden Ufer des Teiches stand prahlend der rothe Finger=
hut und beschaute keck sein buntes flackerndes Bild in dem
leise wallenden Teiche. Stahlblaue Libellen hingen schaukelnd
auf den Grashalmen, aus dem sonnigen Rasen zirpten
fein und schrill die Heimchen, eine Unke rief, aus dem
Walde hörte man des Kukuks eintönigen Schrei, hier im
Garten schlugen und schmetterten die Vögel, die Hämmer
pochten — und doch war es still um die Frauen.

Frau Elsbeth hatte mehrmals die Hand nach einem
kleinen Körbchen ausgestreckt, das auf dem Tischchen neben

ihr stand, und immer hatte sie die Hand wieder zurück=
gezogen.

„Mutter," sagte endlich Margareth in herzlichem, offenem
Tone: „Mutter, jedesmal schrieb dir Richard in der Zeit,
wo sein Geburtstag fällt; weißt du denn diesesmal nichts
von ihm?" — Da griff Frau Elsbeth in das Körbchen
und reichte einen Brief mit manchen frembartigen Zeichen
daraus hervor. „Doch, Margareth, doch!" sagte sie, „und
du sollst ihn auch lesen; aber siehst du, es ist nach sechs
Jahren das erstemal, daß Richard in einem Briefe deiner
gedenkt, und darum zögerte ich, ihn dir zu geben."

Margareth aber griff getrost nach dem Briefe und schaute
die Mutter gespannten Auges an: „Ist denn nun endlich
Alles gut?" fragte sie, fast freudig aufathmend: „ist sein
junges Herz endlich a u ch still und gesund geworden?"

Frau Elsbeths Lippen zitterten ein wenig, doch ging kein
„Ja" darüber hin. „Lies selbst, Margareth," sagte sie leise
— „aber lies es laut — ich mag gerne Richards Briefe
von dir hören!"

Und Margareth las, und ihre schöne klare Stimme
blieb klar, bis sie an Folgendes kam:

„Du schriebest mir, liebe Mutter, daß Margareth's Ge=
müth längst nicht mehr kranke, daß sie sich innigst glück=
lich fühle und meiner in schwesterlicher Liebe gedenke. Gott
segne Dich tausendmal für diese Botschaft, Mutter, die Du

nicht schreiben würdest, wenn sie nicht durchaus wahr wäre.
Siehst du wohl, Mutter, so ist es nicht umsonst gewesen,
daß ich ging und das Meer zwischen unsre Herzen legte!
Du bist stark, liebe Mutter, und aussprechlich selbstlos in
Deiner Liebe zu mir; darum will ich jetzt auch offen von
mir selbst reden. Als ich die lieben Worte in Deinem
Briefe las: „Richard, Kind, kannst Du nun wieder heimkommen zu mir?" — da war es mir, als ständest Du
leibhaftig vor mir mit Deiner lieben Gestalt und dem milden Antlitze; ich fühlte Deine Hände bittend meine Hand
fassen. Ach, Mutter, wie an jenem Morgen, als Du mich
anflehtest: „Kind, kann es nicht anders gehen?" — so sah
ich Dich vor mir, und so schnitt es mir in's Herz. Mutter,
jetzt lege ich wieder mein Gesicht an Deine liebe Brust, —
o sieh mit milden Augen auf Deinen Richard hinab: —
ich kann noch nicht heimkommen, Mutter! — Ich küsse
Deine Hände für die Worte, die Du mir über Margareth
schriebest — ich kann Ihrer gedenken ohne Sünde. Aber
ich kann es nur, indem ich ihrer gedenke, als einer Anderen; — als sei sie mir gestorben, Mutter, fromm und
rein gestorben, so denke ich Ihrer. Ich könnte es nicht er-
tragen, noch nicht, wenn sie mir, eine Andere, entgegen-
treten wollte. Ich weiß wohl, daß das immer noch als
ein seltsamer Widerspruch in meinem eigenen Herzen er-
scheint, aber Du verstehst mich dennoch, Mutter. Du ver-

Esche, Margareth. 4

standest mich ja immer und wirst jetzt wohl wieder neu
betrübt über mich sein, aber nicht mir zürnen. Margareth,
ihren Gatten und ihre Kinder segne ich warm in meinem
Herzen. Das Eine auch sage ich Dir, wahr und auf-
richtig, Mutter: „Ich will hoffen von der Zeit und redlich
an mir arbeiten. Dann wird ja wohl auch endlich die
Zeit kommen, wo ich in Freude wieder daheim sein darf." —

Margareth's Stimme war zuletzt fast in Thränen ver-
bebt. Sie legte den Brief zusammen und reichte ihn still
an Frau Elsbeth zurück. Es that ihr so weh, daß sie es
war, die trennender als das weite Meer zwischen Mutter
und Sohn stand. Das war das Einzige noch, das ihren
Frieden störte und ihr Wesen leise mit Wehmuth anhauchte.
Doch auch dieses mußte getragen werden, und sie war ja
die Letzte, die etwas hierin zu ändern vermocht hätte. Sie
hätte so gerne Richard als Bruder begrüßt; daß er es nicht
wollte, nicht konnte, schmerzte sie um seinetwillen; für sie
Demüthigendes lag ihr nicht darin. Aber wie abbittend
sah sie zu Richards Mutter auf, und die verstand gewiß,
was sich in Margareth bewegte, denn sie reichte ihr die
Hand, und mit zuversichtlicher Innigkeit sprach sie fromm
lächelnd den alten Vers: „Durch Stillesein und Hoffen,
wird, was uns jetzt betroffen, einst schön und lieblich für
uns sein!"

Margareth erwiderte nichts, sie saß plötzlich wie in

Sinnen verloren und ließ ihre Finger langsam durch die Locken ihres kleinen Mädchens gleiten.

Leise und fast unmerklich begann es abendlich zu werden. Die Schatten dehnten sich über die Rasenplätze hin. Die Vögel im Garten verstummten einer nach dem andern. Die Kleinen schlichen leise, Hand in Hand, auf den Zehenspitzen durch das weiche Moos; eben hatten sie die Rothkehlchen heimkommen sehen; die hatten ihr Nestchen in der alten, niedern Mauern, die den Garten von einer Seite umschloß. Da ging es nicht anders, sie mußten hineinsehen, und nun streckten sie sich und hoben sich. Margareth konnte schon bequemer hineinschauen und stand nun mit verhaltenem Athem vor dem Wunder des Nestchens. Der kleine Paul zerrte an ihrem Kleidchen, er wollte auch sehen und sollte doch nicht sprechen. Aber da schwirrte plötzlich der geängstete Vogel an den Köpfen der Kinder vorbei, und erschreckt, als haben sie eine böse That begangen, liefen sie und versteckten sich fast athemlos hinter einem Hagebuttenstrauch. — Und als nun der erste Schrecken vorüber war, da begann Margareth flüsternd zu erzählen. Der kleine Paul begriff es nicht, aber er gab getreulich Acht und horchte mit offenem Munde. Und wenn irgend ein Vogel durchs Gezweige flatterte, dann hielt Margareth inne. Es war dann so süß sich zu fürchten und zu schauern, das Rothkehlchen konnte ja kommen, es war gewiß äußerst

4*

böse und zornig über die kleinen Nestgucker. Die Kleine
erzählte von dem eigenen Erlebniß, das lag ihr am nächsten.
„Ja,“ hub sie wieder an. „da war das Rothkehlchen immer
noch fort und suchte die Kinder, und zu Hause in dem
Nestchen da lagen die ganz kleinen Vögelchen und waren
so bange und froren so sehr; sie hatten ja noch keine Federn
und hatten auch kein Hemdchen. Es war so dunkel geworden in der Mauer, daß sie weinen mußten, und da
weinten sie und die Mama kam immer noch nicht wieder,
und da —“ Aber nun ward es zu viel für Margareths
eigenes, kleines Herz, das war zu rührend. Sie weinte
und schluchzte, und Paul mühte sich brüderlich ab, ein
Gleiches zu thun. Da kam es jenseits an der Teichmauer
heruntergefahren, eine kleine papierne Granate flog in den
Garten und entlud sich in bunten Bonbons. „Papa,
Papa!“ jauchzten die Kleinen emporspringend; vergessen
war Rothkehlchens Jammer — sie hatten jetzt alle Hände
voll zu thun.

Aber auch die Frauen hatten den Ankommenden gewahrt
und traten ihm bereits am Eingange des Gartens entgegen.
Margareths Augen grüßten warm und herzlich den Gemahl, der sich Frau Elsbeths freundlichem Zureden fügte
und gerne noch mit den beiden Frauen ein Stündchen des
zauberisch schönen Sommerabends genießen mochte. Als
die Drei so traut beisammen, saßen und die Kinder dicht

daneben an ihrem kleinen Tischchen des süßen Fundes froh
waren, da sah Margareth fragend zu Frau Elsbeth hin=
über. Die verstand den Blick gut, sie nickte freundlich ge=
während und reichte Margareth aus ihrem Körbchen Richards
Brief dahin. Margareth nahm denselben und legte ihn in
ihres Gatten Hand.

Arnold las und seine ernsten Züge wurden weicher, in=
dem er las. Als er aber zu Ende gelesen hatte, da sprach
er kein Wort, er hob nur seinen kleinen Knaben von der
Erde und setzte ihn sanft in Frau Elsbeths Schooß. Eine
unaussprechliche, fast schüchterne Verehrung blickte bei dieser
kleinen Handlung aus Arnolds treuherzigen Augen. „Er
sollte Richard heißen", sagte er leise, als aus Elsbeths
Augen ein paar klare Tropfen in des Knaben Locken fielen.
Margareth blickte dankbar auf ihren Gatten; die kleine
Margareth aber sah neugierig und verwundert auf die
Gruppe, dann kletterte sie sacht und behende an der Rück=
lehne von Frau Elsbeths Sessel empor und warf plötzlich
laut jubelnd ihre Aermchen um deren Hals. Als die aber,
fast erschreckend zurückblickte, und Arnold der Kleinen ihren
Ungestüm verweisen wollte, da sagte sie, wie sich entschul=
digend: „Ja Papa, ich wollte auch mit sein."

Jenseit des Meeres.

Jenseit des Meeres hatte die Zeit auch nicht stille ge=
standen. Eilf Jahre waren nun dahingegangen, seit hier
Einer landete, der nicht kam, um gleich den meisten An=
deren Geld und Glück zu suchen, sondern der nur über das
Meer geflohen war, um sich daheim nicht selbst zu ver=
lieren.

Das gewaltsame Losreißen von der geliebten, heimath=
lichen Erde war für Richard unsäglich bitter gewesen. Es
ist ja nicht leicht, dem eigenen lautklagenden Herzen ein
weiser, strenger Gebieter zu sein. — Sein wundes Ge=
müth hatte er nun in die neue, fremde Welt getragen.
Aber auch hier waren Stunden gekommen, wo Richards
junge Seele sich müde und matt fühlte unter den immer
neuen Stürmen, die das sich aufbäumende Herz über sie
sandte. Er hatte dennoch nicht nachgelassen im muthigen
Ringen, und daß er wußte, wie ihn daheim ein frommes
Mutterherz betend in sich trug, das half ihm treulich. So
grüßen wir ihn denn nach der langen Zeit in seiner zweiten

Heimath mit frischem, fröhlichem Gruß! Und ein frischer fröhlicher Gruß gebührte ihm auch; denn jetzt stand er glücklich auf der Höhe, wo hinauf ihn jenes kräftige, muthige Wollen, das jeden Augenblick getrost vor Gott stehen durfte, endlich tragen mußte. Er hatte es lebendig in sich erfahren, daß keine Stunde, in noch so heißem Weh durchlebt, eine verlorene zu sein braucht. Er hatte das leise Gotteswalten, das grade dann mit still geheimem Leben und Weben in der Menschenbrust mächtig wird, wohl gespürt und sich ihm ganz und voll dahin gegeben. Darin eben, daß wir das mit kindlichem Herzen können, liegt ja die ganze einfache Lösung, vor der jedes „Warum", das gern und leicht aus dem schwachen Menschenherzen auf die bereitwilligen Lippen treten mag, in Demuth verstummen muß! Wie einem Ge= nesenden, dem zuerst das warme Leben wieder kräftig durch die Adern zu strömen beginnt, so war es ihm gewesen, und so, mit demüthigem Danke, hatte er es in sich em= pfangen und der endlichen Genesung nicht wiederstrebt, sondern getrost abgeschlossen mit dem, was er durchlebt. Da war ihm aus dem siechen Schmerze seiner jungen Tage ein neues, kraftvolles Leben erblüht, das ihm nicht zerstört werden konnte, denn die Wurzeln desselben lagen in heilig behütetem Grunde.

Es hatte fern von Richard gelegen, hier in unthätiger, weichlicher Ruhe nur anspruchsvoll sich selbst leben zu

wollen. Vielmehr hatte er sich ein Feld der tüchtigsten
Wirksamkeit nach Außen hin geschaffen, und auch hier war
ihm überall gutes Gelingen begegnet, und schöner Erfolge
durfte er, in oft überraschender Weise, meist immer gewiß
sein.

Wir finden ihn auf einer schönen Farm, die im New-
yorker Staate längst sein Eigen geworden war. Es war
zur Zeit, wo die schweren vollen Garben des Maiskornes
eingeheimst wurden, und die sanfte Blüthe der Vanille sich
in gewürzreiche Schoten verwandelte. Richard kam eben
von einem weiten Ritte durch seine Felder heim. Er ließ
sein Pferd langsam gehen, denn die Sonne sandte noch
recht brennende Strahlen durch die majestätischen, riesigen
Fichten, die auf der Höhe des Bergrückens, der von einer
Seite das Thal, darin Richards Besitzthum lag, scharf be-
grenzte, ihre düsteren Häupter in die Wolken reckten.
Zwischen dieser Bergwand und einem kleinen reizenden See
entlang, zog sich der Weg, den Richard zur Heimkehr ein-
geschlagen hatte. Wer ihn so dahinziehen sah, der mußte
sich des jugendlichen Mannes mit dem offenen Gesichte und
den hellstrahlenden Augen freuen. In diese freie Stirn
hatte selbst der tiefe Seelenkummer keine verheerenden
Furchen ziehen können; er hatte sie nur mit veredelndem
Schimmer berührt. Ueber Richards ganze Gestalt und über
sein Wesen war eine Frische verbreitet, die Jeden, der ihn

nahe kam, in ihrer lebendigen Ausströmung erquicken
mußte. Und doch bedurfte er nie einer äußeren Veran=
lassung, um der Vergangenheit mit ganzer Seele in völliger
Hingebung zu gedenken. Vielleicht auch darum ließ er
heute sein Pferd gemächlichen Schrittes gehen, denn heute
war die Erinnerung grade recht lebendig in ihm gewesen,
und während er jetzt unter prächtigen, weitausgreifenden
Ahornbäumen, die ihren sicheren Fuß kühn in die Berges=
spalten gesetzt hatten, dahinritt, mußte er der alten deutschen
Heimath gedenken. — Vor einem halben Jahre hatte er
den letzten Brief von der Mutter empfangen. Kleine un=
sichere Hände hatten mit langen Buchstaben Grüße darunter
geschrieben, — er hatte gesehen, daß der Mutter Leben kein
einsames und trübes war. Und Margareths schwesterliches
Grüßen, wie ihm das jetzt wohl that! — wie konnte er
es erlösten Herzens erwiedern!

Seit jenem letzten Briefe hatte er öfter daran gedacht,
wieder heimkehren zu wollen und jetzt grade dachte er wieder
daran. Aber hier die selbsterrungene Heimath hielt ihn doch
auch mit starken Banden fest! Sein Herz war ja ein
deutsches geblieben! Was er besaß, das lebte nicht als todte
Ziffer in seinem Kopfe, sondern hatte sich tiefsinnig und
traut um sein ganzes Gemüth gerankt. Und tausend holde,
kleine Beziehungen zu der alten Heimath hatte er hier ge=
funden, weil er sie finden wollte.

Hier war er gesund geworden; hier hatte sich sein Denken groß und frei entfaltet; er hatte segnend geschafft, und Vieler Glück und Behagen lag einzig in seiner milden Hand. Zudem war ja sein inneres Leben mit dem seiner Mutter ein gemeinsames geblieben, und sie gehörten einander, trotz der weiten Entfernung, immer inniger an. —

Eines hatte Richard hier nicht gefunden, aber auch nicht darnach getrachtet, es zu finden. Nicht, als wenn er es verachtet hätte! Sein Herz hielt Frauenliebe noch als das köstlichste Geschenk, das Gott dem Manne verleihen könne; aber ihm war Margareths behütetes Bild so in jeder Gestalt innig mit seinem ganzen Sein verwebt geblieben, daß er sich nicht nach neuer Liebe sehnen konnte. Auch darin lag nichts Krankes oder gar Todtes bei Richard.

Durch den spiegelklaren, tiefblauen See zogen lautlos lichtweiße Schwäne ihre glänzenden Furchen. Aus dem Schilfe daran hoben die Wasserlilien ihre reinen Häupter, und leise wiegend, schaukelte das vollumleckte Gezweige der Uferbäume sein Spiegelbild im See.

Das Alles brachte Richard nicht aus dem Gedanken an sein trautes Heim im alten Deutschland heraus. Wie hier die letzten Strahlen der scheidenden Sonne den See beglänzten, so vergoldend mochte die Frühsonne in diesem Augenblicke den stillen Weiher daheim schmücken. Und die Mutter weilte wohl gar am Uferrande, der Schwäne wegen, renen sie dort allmorgens Futter streute! Richard hatte ein treues Bild von sich selbst und von seinem jetzigen Heimwesen an die Mutter gesandt, und deren große Freude war es, wie sie an ihn schrieb, vor den Bildern zu stehen, und ihn sich bald hier, bald dort zu denken. Vielleicht auch stand sie grade jetzt davor, und ihr Geist mochte ihr den Sohn grade so vor Augen führen, wie er in dieser Stunde sinnend heimzog.

Jetzt war Richard am See vorbei, das Thal hob sich sanft. Auf einer freundlichen Höhe, von laubvollen Bäumen stattlich umbuscht, lag Richards zierlich schönes Wohnhaus. Von der entgegengesetzten Seite schwankten die mit goldenen Garben hochbeladenen Wagen, von kräftigen Stieren gezogen, heran; tief in dem hohen, üppigen Grase standen die glänzenden Rinder. —

Die Glocke oben in des Giebels Spitze rührte sich zu weithintragendem Geläute, da ritt Richard in den Hof seines Hauses herein. Wie daheim, wölbte sich ein Rebenbogen über der Haustreppe, hier noch durchrankt von prächtigen Winden, die ihre großen, wunderbar schönen, florenen Kelche an die dunkel glühenden Trauben legten. Unter dem Bogen stand eine alte, kleine, höchst sauber aussehende Frau, die Augen mit der Hand vor dem letzten blendenden Sonnenlichte schirmend. Als sie ihres Herrn ansichtig wurde, da schien ein besonderes Leben in die kleine Gestalt zu kommen.

Sie nickte und winkte unaufhörlich; und als Richard nun
vor dem Hause hielt, stand sie höflich knixend, fast athem=
los vor ihm: „Ein Brief, lieber Herr, ein Brief", sagte sie,
statt jedes anderen Grußes, in etwas stammelndem Deutsch,
„ein Brief von daheim, aus dem deutschen Lande." Aus
der großen Ledertasche, die ihr am Gürtel herabhing, zog
sie den Brief und reichte ihn, selbst voll Freude, ihrem
Herrn, dem das Herz warm dabei klopfte, denn der Brief
war von seiner Mutter Hand überschrieben. „Ich danke
dir, Nanni", sagte er in herzlichem Eifer und überließ gern
sein Pferd dem kleinen Schwarzen, der in eilfertiger Hast
herangesprungen kam. Wie war es ihm schon herzerquickend,
etwas in seinen Händen zu halten, darauf der Mutter liebe,
warme Hand geruht hatte! —

Er trat in das Haus, durchschritt eilig die weite Vor=
halle und begab sich in ein tiefes Zimmer, das an der
Morgenseite lag, und von dem hinaus hohe Glasthüren
auf eine prächtige Veranda führten. Hier war es still ge=
müthlich und traut. Hier hatte er so manche erinnerungs=
volle Stunde durchlebt, hierhin zog es ihn immer mit
Briefen aus der Heimath. Er zerbrach mit leisen Händen
das feine Siegel und entfaltete den Brief. Ja, das waren
der Mutter liebe Schriftzüge! — Fast klang sie ihm im
Ohr, die traute Anrede: „Richard, mein theurer Sohn!" —

Er las und las. Da begann seine Hand leicht zu beben;

er blickte von dem Briefe im Zimmer umher, vor seinen Augen legte es sich wie Flor, sein Herz schien ihm einen Augenblick still zu stehen — dann brauste es wie ein glühender Strom dadurch hin. Er konnte nicht weiter lesen. Es trieb ihn hinaus, er mußte den freien Himmel über seinem Haupte fühlen, er riß eine der Glasthüren auf und schritt hinaus in den Garten. Immer voran eilte er, durch Boscaden und kühle, dunkle Grotten, bis er zuletzt an einer Marmorvase, die in einer Gruppe von Cypressen und Lorbeeren stand, innehielt. Er stützte den Arm auf das Piedestal, das die Vase trug, er athmete fliegend, seine Hand legte sich bedeckend auf seine Augen und so stand er lange. Da glitten leise ein paar helle Tropfen durch seine Finger — um die lebende Margareth hatte Richard nicht geweint — jetzt weinte er um die Gestorbene! Ja, Margareth war todt! „Mein theures Kind", hieß es im Briefe der Mutter, „du schriebest einst, du seiest ruhig geworden, seit du Margareths gedenken könntest gleich einer fromm und rein Gestorbenen; sieh', jetzt sei auch ruhig, denn so darfst du jetzt in voller Wahrheit ihrer gedenken: fromm und rein wie ein Kind ist Margareth heimgegangen. Sie hat deiner in ihrer letzten Stunde mit gefalteten Händen und weitsehenden Augen gedacht und in ihres Gatten Ohr Grüße für dich gehaucht. Ich kann gut in deiner Seele fühlen, mein braver Sohn, und darum weiß ich, daß diese Post dir wohl wieder das

Herz bewegen wird; denn es ist ein gar wundersames Ding
um das Herz, und man soll nimmer glauben, die echte Liebe
darin könne sterben; sie stirbt nicht, sie läutert sich nur.
Aber darum bin ich doch nicht bange, daß die Wehmuth,
die dich erfassen wird, nicht rechter Art sei." — —

Als Richard die Hand von den Augen nahm, sah sein
Gesicht bleich, aber völlig ruhig und gefaßt aus. Das war
die letzte, schmerzliche Feier gewesen, die er dem Andenken
Derjenigen weihte, die sein junges starkes Herz ganz besessen hatte.

Schon warf der Mond seine grünlichen Zauberlichter
über den weißen Marmor, als Richard sich aufraffte, um
heimzugehen. Da lag ein kleines Blättchen zu seinen Füßen,
dem Briefe der Mutter, ohne daß er es gewahrt, entglitten;
er hob es auf und las es im Mondenscheine. Es waren
von Kindeshand geschriebene Worte: „Du sollst wohl recht
betrübt sein um die liebe Herzensmama; das sind wir Alle,
und das kann ich deinem Bilde schon ansehen. Denn, siehst
du, ich kenne dich gut, und wie du aussiehst, das weiß ich
auswendig, wenn ich vor deinem Bilde stehe und die Augen
fest zumache. Und jetzt komm heim, hörst du! die Mutter
— das ist eigentlich deine Mama, aber so sagen wir Alle,
weil die Mama es gerne hatte — die und der Papa und
ich, wir könnten dich jetzt gar gut gebrauchen. Margareth."
— Richard überlas das kleine Blättchen, dann legte er es

Esche, Margareth. 5

sorglich in der Mutter Brief, den er darauf in seine Brust=
falten schob.

Der Garten war jetzt voll Mondschein; der Thau legte
seine reichen Demantschnüre um jedes Blatt und ließ helle
Perlen lautlos in die Blumen versinken. Prächtige Nacht=
schmetterlinge schwebten wie bunte Schatten um feenhaft
weiße Blüthen; dunkelglühende Blumenhäupter schauten mit
brennenden Farben aus duftigem smaragdnem Grün. Das
geheimnißsachte Leben der Sommernacht hatte begonnen.
Aus den üppigen Kronen der Platanen warf ein Nacht=
vogel seine seltsamen Töne darein; die Vanillenstauden
verhauchten süßen Duft, und von ferne sang der Waldbach
sein ewiges Wanderlied. — Richard aber lauschte nicht den
Wundern der Nacht; er ging sinnend ins Haus, und als
endlich der Schlaf über ihn kam, da war es ihm, als legte
sich eine weiche Kindeshand lind auf seine brennenden
Augen.

Zur selben Zeit.

5 *

In ihrem stillen Erkerzimmer daheim saß zur selben Zeit, da Richard ihren Brief empfangen hatte, Frau Elsbeth recht einsam und allein. Es war ein recht sonnenklarer Morgen, und mit lustigem Weben spannte die Sonne still und flink ihr leuchtendes Netz über die Wand dahin. Frau Elsbeth hatte ihr Spinnrädchen vor sich stehen, und zu dem Geschwirre des Rädchens sang sie andächtig ein frommes Lied. Sie sang es leise, fast in sich hinein.

Die fünf Jahre, seit wir Frau Elsbeth zuletzt gesehen, hatten ihrem Aeußeren wenig anhaben können. Nur etwas mehr Silber war in ihren Scheitel gekommen; ihr Gesicht war von jener reingeistigen Schönheit, die eigentlich unvergänglich genannt werden könnte. Denn wenn das Alter kommt, dann schlüpft sie leise in die Falten und Linien, die dasselbe durch die Gesichter zieht, und darinnen sitzt sie denn geborgen, diese eigenthümliche Schönheit, und ist immer klarer und deutlicher zu sehen. —

Seit einem halben Jahre schlief Margareth unter dem

grünen Hügel. Frau Elsbeth gedachte ihrer in mütterlicher
Liebe mit leiser Wehmuth. Auch ihres Richards gedachte
sie an diesem Morgen mit besonderer Sehnsucht. Sie hätte
gerne wissen mögen, ob ihr Brief denn nun in seinen
Händen sei, und ob er daran denke, heimzukehren. Davon
hatte sie in ihrem Briefe an ihn nicht geschrieben, das stellte
sie getrost Gott und ihm selbst anheim. Aber — sie schüttelte
selbst lächelnd den Kopf über ihr eigenes, wunderliches
Denken — ließen sich nur ein paar Jahre so mit einemmale überspringen, dann wäre es ihr schon recht gewesen,
daß ihr Richard anstatt jetzt, erst in einigen Jahren heim-
komme. Doch das war Frau Elsbeths tiefstes Geheimniß.

Sie war viel allein gewesen in der letzten Zeit. Als
Margareth in den stillen, hohen Wald getragen war, wo
sie lieber ruhen wollte als an jeder andern Stelle, und wo
darum ihr Gemahl gern eine schöne Ruhestätte in jener
trauten, kleinen Tannenschlucht für sie bereitet hatte, da
waren die Kinder mit ihrem lauten Schmerze zu Mutter
Elsbeth angeflohen gekommen. Ihr selbst hatte das innig
wohl gethan, denn ihr eigenes Herz war schwer gebeugt,
und wenn dasselbe auch nie verarmen konnte, so war es
doch recht stärkend zu fühlen, wie die jungen Seelen Hülfe
suchten in ihrer aufrichtenden Liebe. Aber auch hier vermeinte Frau Elsbeth das eigene Verlangen verschweigen zu
müssen. Als das erste heißeste Weh in den Kindern aus-

gezittert hatte — und ein Kindesgemüth hat ja das Große
voraus, daß es jeder schuldlosen Freude offen bleibt — da
führte sie dieselben mit leisem, festem Ernste dahin zurück,
wie sie nun nimmer dem tieftrauernden Vater fern sein
dürften. Und in Margareths klarem Sinne wußte sie, wie
von selbst, das Verständniß der auf ihr ruhenden Kindes-
pflicht zu erwecken, so daß die Kleine fast erschreckend es
sich bewußt ward, wie sie den armen Vater mit seiner großen
Betrübniß allein gelassen. In sich gehoben, wollte das
Kind fortan nichts anders, als in holder Freundlichkeit und
sorgender Liebe den Vater umgeben.

So war es gekommen, daß Frau Elsbeth oft recht ent-
behrend fühlte, wie gar tröstlich und herzerquickend es sei,
in trüben Tagen in helle, liebe Augen blicken zu können.
Denn wenn auch Arnold oftmals mit Margareth in das
traute Haus Frau Elsbeths kam, so war das doch immer
nur auf flüchtige Stunden und gewährte ihr wenig eigent-
lichen Verkehr.

Frau Elsbeth hatte — wie sie gern zu thun pflegte,
wenn sie so allein war — Richards und ihres Gatten Bild
von der Wand heruntergehoben und dieselben, sie einem
kleinen Vorsprunge in der Kaminmauer anlehnend, sich
nahe vor die Augen gebracht. Es war ihr tröstlich, so oft
sie empor blickte, in diese beiden, einander so ähnlichen Gesichter zu sehen. Sie saß aber jetzt schon eine geraume

Weile wie in weit abschweifenden Gedanken verloren da; das Lied war auf ihren Lippen leise verebbt, und die sonst so fleißige Hand lag still mit dem Rocken im Schooße.

So hatte sie nicht gehört, daß auf dem feinen Kies draußen ein leichter Wagen vorfuhr; die Schritte, welche die Stufen heraufeilten, konnte sie nicht vernehmen, denn die waren fast fliegend. Die hohe Rücklehne ihres Stuhles war seitwärts der angelehnten Thüre gerichtet; und als sie nun, doch ein leichtes Geräusch gewahrend, sich zur einen Seite des Stuhles umblickte, da huschte es an der andern Seite vorbei, so daß sie sich schnell wieder wenden mußte. Aber ihr Blick fiel unterwegs auf ein paar schlanke, kleine Mädchenhände, die sich verdeckend auf ihres Richards Bild gelegt hatten. Im nächsten Augenblicke aber flog es jauchzend hinter dem Vorsprunge des Kamines her, und Margareth hing ihr mit dem ganzen übersprudelnden Leben, davon sie sich so gerne beseelen ließ, am Halse, sie fast mit Küssen erstickend. — „Siehst du es wohl, wie ich deine Augen zu fangen verstehe?" rief sie hell dazwischen, „jetzt lasse ich dich nicht los, bis du richtig räthst, was deine Margareth will!"

Frau Elsbeth war, froh überrascht, halb emporgefahren; jetzt hielt sie das schöne, in seinem Ungestüm etwas nachlassende Mädchen, im Schooße und strich ihr leise die vollen Locken aus den Augen. „Nun, Margareth," sagte sie erfrischt, „daß du kommst, ist mir genug, und zum Errathen weißt du, bin ich zu alt." „Hilft nicht", lachte die Kleine und warf mit einer einzigen Bewegung die Locken weit aus dem Gesicht, — „aber du darfst nicht so gar linde mit mir umgehen mit deinen lieben Händen; ich glaube, der Papa wird sich das ausdrücklich bei dir bedingen, und er selbst macht es just gerade so, aber nun, was will ich?" — „Irgend eine alte Damastrobe von der Urgroßmutter", sagte Frau Elsbeth, heiter auf Margareths Wesen eingehend, „wie voriges Jahr, um damit in den Wald zu laufen und die Hasen aufzuschrecken." — „Schlecht gerathen", entschied Margareth, „weit, weit davon!" — Dann sich muthwillig erinnernd, sagte sie kurz auflachend: „Ich glaube, wenn du einmal recht suchen ließest, das schöne Stück von der Schleppe mit dem gestickten Paradiesvogel darauf würde wohl noch in den Brombeersträuchern hängen, ja, der hat sich arg verhaspelt, der arme, bunte Vogel!" — Frau Elsbeth lächelte: „Aber siehst du, daß ich's nimmer rathe, nun sci gut und sage es!" Margareth schüttelte den Kopf und klopfte ungeduldig in ihre kleinen Hände. „Ich glaube es selbst nicht recht", sagte sie dann, „aber, es ist das Schönste, was du dir denken kannst, zehnmal schöner als alle Tage mit deinen alten Tapetenroben laufen können und wenn auch der Fächer und die Hackenschuhe mitkommen dürften! Gieb nur Acht, jetzt will ich gut sein und dir es sagen."

Margareth legte ihre beiden Hände an Frau Elsbeths Wangen — dann sagte sie, langsam gezogen und jedes einzelne Wort nachdrücklich betonend: „Bei — dir — bleiben!" — „Den ganzen Tag, mein Liebchen?" frug Frau Elsbeth wirklich freudig überrascht zurück. Aber nun klopfte Margareth wieder mit jauchzendem Lachen in die Hände und begann dazwischen ihr eifriges Geplauder: „Den ganzen Tag? ja das wäre mir viel dagegen; nein, immer, immer, Tag und Nacht, Jahr aus und Jahr ein! Der Papa will es so, weil du so gar allein bist; dem Richard hatte ich's ja längst geschrieben, daß er heimkäme, aber der wird noch wohl recht auf sich warten lassen. Das muß allerschön werden; du kannst mir am Besten von der Mama erzählen und der Papa besucht mich alle Tage und Paul auch und —" Sie hätte noch viel hervorgesprudelt, ohne daß Frau Margareth, die mit zweifelndem Erstaunen das Kind anblickte, sie unterbrochen hätte, aber auf der Schwelle zeigte sich jetzt Arnolds ernste, kräftige Gestalt. Da sprang Margareth behende von Frau Elsbeths Knieen und zog an beiden Händen den Vater herzu, der freundlich grüßend und dem Ungestüm des Mädchens lächelnd wehrend, zu Frau Elsbeth trat. Er drückte sie sanft in ihren Sessel zurück, daraus sie sich bei seinem Eintreten hatte erheben wollen, nahm den gegenüberstehenden Stuhl ein, und Margareth mußte sich's schon gefallen lassen, daß des Vaters sie leicht

umschlingender Arm sie doch zum Stillstehen zwang. —
„Wildfang, der du bist", sagte er mit halbem Ernste,
„konntest du nicht sein neben mir bleiben die paar Augen=
blicke, die ich unten bei den Leuten zu verweilen hatte?
Nun sieh du selbst zu, wie du fertig wirst, denn wieder
mitnehmen werde ich dich jetzt in keinem Falle!" — „Liebe
Freundin", fuhr er dann, zu Frau Elsbeth sich wendend,
fort, „ich sehe schon, der kleine Ungestüm ist wieder mit
einem Sprunge dorthin gelangt, wohin ich mit ihr zu
kommen hoffte; darum will ich es auch kurz machen und
Ihnen nur sagen: Ich folge Margareth, die mir auflegte,
sie zu bitten, dieses Kind mütterlich an ihr Herz zu nehmen
und sich eine Tochter an ihr zu erziehen." — Arnolds
Stimme bebte die letzten Worte nur ganz leise hervor.
Richards Mutter aber hatte schon längst die Arme nach
Margareths holder Gestalt ausgestreckt, und die stille Frau
weinte fast hörbar in überwältigenden Gefühlen über dem
heißgeliebten Kinde, das nun auch weich und aufgelöst, das
schluchzende Gesichtchen an ihre Brust schmiegte.

Nach Hause.

Die Zeit ging unaufhaltsam voran. Wieder waren sechs Jahre dahingezogen, als im Hafen von Hamburg an einem schönen Sommermorgen das stolze Dampfschiff „Victoria" einlief. Unter der zahlreichen Menge der Passagiere, die vom Verdecke herab jubelnd das Land grüßten, stand ein noch junger Mann von etwas fremdländischem Aussehen, aber mit schönen, kräftigen Gesichtszügen. — Er stand still da, kein lauter Gruß flog über die seinen, geschlossenen Lippen, aber in seinen Augen zitterte untäuschbar eine tiefe innere Bewegung. Als er zuerst den Fuß auf die alte deutsche Erde setzte, mochte es heiß in ihm zucken; denn er stand einen Augenblick still, fuhr mit der Hand nach dem Herzen und seine Lippen sprachen leise ein paar flüsternde Worte. War es ein Gruß, oder ein Gebet, — jedenfalls galt das Eine hier so viel als das Andere, das war in seinem jetzt wunderbar schön erregten Antlitze deutlich zu lesen. Dann ging auch er unter in der wogenden Menge.

Mehrere Tage später erst finden wir ihn wieder. Er brauchte nicht auf so bekannten Pfaden zu schreiten, um uns nicht fremd zu bleiben. Es war ja Richard, der nun endlich nach siebenzehn langen Jahren wieder heimkam, aber nicht wie ein Müder, sich matt nach Ruhe Sehnender, nein, das volle Leben pulste warm in seinen Adern. Er war sich tiefinnen einer mächtig schaffenden Kraft bewußt, und sein schönes Gesicht leuchtete hell von den raschen freudigen Schlägen des Herzens.

Wie damals hatte er auch heute die letzte Strecke, die ihn noch von dem elterlichen Gehöfte trennte, zu Fuße zurücklegen wollen. Als er aber kam, wo sich die Wege theilten, und der eine derselben thalaufwärts nach dem wohlbekannten Buchenwalde, der andere abwärts, wechselnd durch Kornfelder und kleines Gehölz bis zu dem Hause seiner Mutter führte, da kam es ihm plötzlich unwiderstehlich, so heiß und ungeduldig es ihn nach der Mutter zog — er mußte seinen Weg durch den Wald nehmen. So schritt er in raschem Eifer in der sinkenden Sonne dahin und trat von der Seite her, wo der Wald sich jenem kleinen Pfarrdorfe zu öffnet, in denselben hinein. Als es nun wieder wie ein freudiges, stolzes Grüßen durch die hohen Wipfel über seinem Haupte dahinzog, da kam etwas Höheres über ihn als der Waldzauber; es warf ihn hin auf seine Kniee, und still, wortlos, ward sein ganzes Fühlen unsägliches, tiefinniges Gebet.

In den weiten, mächtigen Hallen war es auch still geworden. Die goldenen Kronen, womit die Sonne die dunklen Häupter der alten Bäume geschmückt hatte, legten sich willig und leise auf die reiche Sammetdecke des Mooses zu Richards Füßen nieder. Richard erhob sich voll tiefen Friedens und doch bewegt von tausend unnennbaren Gefühlen. Die Heimath athmete ihm ihr trautes Grüßen frisch aus jeder Blume, aus Blatt und Halm, entgegen. Da war nichts Fremdes, nichts Neues! Alles schmiegte sich innig in alter, lieber Gewohnheit in seine wunderfam erregte Seele. So schritt er dahin, und es bedurfte nicht, wie ehedem, des vermeintlichen Glockentones; er war sich des nächsten Zieles seiner Wanderung gar wohl bewußt.

Wieder senkten die ewiggrünen Tannen ihre düsteren Trauerfahnen in ernstem Schweigen vor ihm nieder. Er schritt mit leisem Gange durch sie hin und stand nun mit gesenktem Haupte und überströmendem Herzen an dem kleinen Hügel still, den sie heilig umschlossen. O, wie so anders als ehedem! Wie so versöhnt und stillgeworden! —

Ueber dem Hügel, an derselben Stelle, wo früher die kleine Waldhütte gestanden, erhob sich auf schneeweißen, schlanken Marmorsäulen eine kleine Tempelhalle. Die Säulen waren mit Epheu umrankt, auf dem Hügel selbst aber standen Cypressen und Myrthen. Zwischen ihnen dahin lag ein einfaches Marmorkreuz, das einzig Margareths

Esche, Margareth. 6

Namen trug. Als Richard sich darüber hinneigte und leise
mit unbeschreiblicher Innigkeit „Margareth" hauchte, da ge=
schah ihm etwas, das ihn fast wie ein Wunder berührte.
„Richard!" rief es mit altem, bekanntem Tone, und als
er in sich erschauernd emporblickte, — da wußte er bald,
wer wie ein süßes Wunder in unsäglicher Lieblichkeit vor
ihm stand. Das war sie selbst, Margareth, und doch eine
Andere! — „Margareth!" rief es mit tausend allmächtigen
Stimmen in ihm. „Margareth!" klang es tief und be=
wegt von seinen Lippen. Aber das Mädchen hielt ihn schon
jubelnd und weinend umschlungen; da war ja nichts Frem=
des noch Scheues, das auch nur einen Augenblick zwischen die
Beiden hätte treten können. Und als nun endlich das erste
Ueberwältigende dieses Zusammentreffens in Fragen und
Antworten sich freudig gelöst hatte, da schritten sie mitein=
ander der Heimath zu. Richard hatte fast Mühe, den ge=
flügelten Schritten Margareths zu folgen; ihm war es oft=
mals, als solle er stille stehen, um den namenlosen Gefühlen
zu lauschen, die in seiner Seele schauerten.

Daheim in dem gut bekannten Zimmer, in ihrem trauten
Erkerfenster, saß Frau Elsbeth und harrte Margareths Heim=
kehr. Es war dem Mädchen zur lieben Gewohnheit ge=
worden, um diese Zeit in den Wald zu gehen, um bei der
tropischen Hitze die Cypressen und Myrthen zu begießen,
womit das Grab geschmückt war.

Frau Elsbeth hatte eben, zum hundertsten Male gewiß, ihres Richards letzten Brief gelesen. Sie wußte nun, daß er noch hier sein werde, bevor die Novemberstürme sein Kommen zur bangen Sorge für sie gemacht hätten. Ach, sie konnte es nicht ausdenken, das reiche, allmächtige Glück, das mit dem Heimkehrenden über ihr Mutterherz kommen mußte! Sie konnte nur die Hände falten und ihre Seele demüthigen vor Gott, der ihr Alles, was sie einst besessen, so behütet und unendlich schöner zurückgeben wollte.

Seit sie Richards Brief empfangen, saß sie jeden Abend so in Gedanken an ihn. Sie erwartete ihn noch nicht, sie war nicht ungeduldig auf ihn, aber in ihrem stillen Herzen schlug es doch immer heißer und freudiger dem Sohne entgegen. Sie selbst und Margareth lebten fast einzig in ihm, dem Langentbehrten. Und wenn Margareth gern sein Bild mit frischen Blumen schmücken mochte, so war es ihre Freude, dieselben Gemächer, die er einst so sorglich ausgestattet gefunden, wieder zum freundlichen Empfange vorzubereiten.

Wie an jenem Abende, da sie hier gesessen und bestimmt wußte, daß ihr Sommerkind desselben Tages heimkehren würde, mußte sie auch heute alles dessen gedenken, was längst hinter ihr lag — an seine Kindheit, an Margareth, um die sein junges Herz einst so schwer gelitten hatte. Und o, mit welch' unaussprechlichem Gefühle mußte

6*

sie der jungen Margareth, des theuren, heißgeliebten Kindes, das in voller Liebe das ihre geworden war, gedenken! Welch' eine Gnade von Gott! — „Mutter, Mutter", rief Margareths Stimme in so jauchzend bebendem Tone, daß Frau Elsbeth, seltsam getroffen, sich eilig erhob und zur Thüre schritt. — „Mutter", jubelte es noch einmal, da flog die Thüre auf und: — „Mutter!" tönte es in unnachahmlicher Innigkeit von des Sohnes Lippen, und: — „Richard!" — hallte es fast vergehend aus dem Mutterherzen, das an des Sohnes Brust stille zu stehen vermeinte vor überseligem Glück.

Mit all seinen tausend Wundern war der Frühling wieder in's Land gezogen, und auch über das stille Heim am Weiher hatte er mit vollen Händen seinen duftigen Segen geschüttet. Das war — an einem köstlichen Maimorgen — ein Blühen und ein Leben ringsum! Ueberall grüßten und winkten Blumen, die Birken kränzten traulich, wie schon so manches Jahr, im Weiher des alten Hauses gemüthliches Bild. — Der Wald war besonders stattlich geschmückt! Hellgrüne Fahnen wehten von den stolzen Buchen herab und umflatterten die Vögel, die sich lustig in den alten Burgen wieder daheim fühlten und gern glauben mochten, einzig ihrer Heimkehr wegen hätten die

ehrwürdigen Buchen so prächtig geflaggt! Dazu hatte ein
in der Nacht warm herniedergeschauerter Mairegen leise viel
klare Perlen in den Wald geworfen; über den Moosteppich
lagen sie wie edle Diamanten dahingestreut, so daß die
allerjüngsten Waldblumen mit schüchterner Neugier darob
hervorblickten. Die bunten Schmetterlinge harrten schon
längst voll Ungeduld ihres Erwachens und küßten ihnen
jetzt die noch halb verschlafenen Augen. Ueberall blitzte und
funkelte es, und der sonnige Frühlingsstaub wehte goldig
durch den Wald. Die Tannen an Margareths Grabe hatten
neue Smaragdspitzen empfangen, und die Myrthen auf dem
Hügel hatten ihre weißen Blüthen erschlossen gleich einem
heilig offenbar gewordenen, unschuldsvollen Geheimniß!
Das war frühmorgens! — Aber es ward immer schöner
und schöner an diesem Maientage. Und als es nun Abend
werden wollte, da schien es, als sei die ganze Märchen-
pracht aus Wald und Garten in das alte Haus hineinge-
flohen gekommen, so blühete und duftete es hier drinnen.
Da waren die Blumen, die am Morgen noch draußen in
den Beeten dufteten, und von den Wänden flatterten die
lichten Banner des Waldes. Von ferneher aber, aus dem
duftigen Schnee der Blüthenbäume, trug der weiche Maien-
wind das ewigjunge Lied der Nachtigall in das geschmückte
Haus. —

In dem alten Wohnzimmer, wo von der Wand des

Gatten Bild herablächelte, saß Frau Elsbeth, und über ihre liebe, seine Gestalt hatte sich Margareth gelehnt, ihr schönes Gesicht in trauter Gewohnheit an die geliebte Brust der Mutter schmiegend. Als hätte König Mai selbst es übernommen, Margareth zu schmücken, so glänzend leuchtete ihr duftig weißes Kleid durch den, ihre holde Gestalt umfließenden Schleier, und — die Myrthen von dem stillen Hügel im Walde hatten auch nicht fehlen wollen, ihre schönsten Zweige bogen sich um Margareths gesegnetes Haupt! — Als Margareth aber jetzt ihr Gesicht emporhob, da blickte sie in Richards treufeste Augen, der leise an ihres Vaters Seite herangekommen war und nun stillselig die glückstrahlende Braut fast demüthig aus Frau Elsbeths treuen Mutterhänden empfing.

Druck von G. Freysing in Leipzig.

Im Verlage der **G. Grote'schen** Buchhandlung in Hamm sind ferner erschienen:

Dichterstimmen

aus

Heimath und Fremde.

Für Frauen und Jungfrauen

ausgewählt von

Luise Büchner,

Verf. von „Die Frauen und ihr Beruf".

Zweite bedeutend vermehrte Auflage.

Mit 40 Illustrationen von Fr. Baumgarten und Paul Thumann.

In reichem Relief-Einbande mit Goldschnitt.

Preis 2 Thlr.

Aus der

Frauen- und Märchenwelt

von

Luise Esche.

Zweite Auflage.

Mit Titelbild von Paul Thumann.

broch. 18 Sgr., eleg. Relief-Einband 27 Sgr.

Haiderose,

Eine Erzählung aus dem Frauenleben

von

Luise Esche.

Illustrirt von J. B. Sonderland.

broch. 1 Thlr., eleg. Relief-Einband 1 Thlr. 10 Sgr.

Frauen-Brevier

für

Haus und Welt.

Eine Auswahl

der besten Stellen aus namhaften Schriftstellern

über

Frauenleben und Frauenbildung.

Zusammengestellt

von

H. B.

Zweite vermehrte Auflage.

Mit Titelbild von Ab. Schmitz in Düsseldorf.

Eleg. Relief-Einband 2 Thl. 15 Sgr., Prachtband in Saffian
mit Schloß 3 Thlr. 15 Sgr.

Erzählungen

für den

Sylvester-Abend

von

Ottilie Wildermuth, Elise Polko

und

Luise Esche.

Zweite Auflage.

Mit Titelbild von Paul Thumann.

broch. 18 Sgr., eleg. Relief-Einband 27 Sgr.

www.ingramcontent.com/pod-product-compliance
Lightning Source LLC
Chambersburg PA
CBHW030133060726
47499CB00015B/2664